# Palabras que debemos aprender ant

graznaban

gruñía

hienas

ja ja

jirafa

león

mascaban

panda

pingüinos

rugía

www.rourkeeducationalmedia.com

Edición: Luana K. Mitten
Ilustración: Robin Koontz
Composición y dirección de arte: Renee Brady
Traducción: Yanitzia Canetti
Adaptación, edición y producción de la versión en español de Cambridge BrickHouse, Inc.

ISBN 978-1-61810-529-5 (Soft cover - Spanish)

Printed in China, FOFO I - Production Company
   Shenzhen, Guangdong Province

customerservice@rourkeeducationalmedia.com   •   PO Box 643328  Vero Beach, Florida 32964

# El viejo McPerro
## tenía un zoológico

escrito e ilustrado por

Robin Koontz

El viejo McPerro tenía un zoológico I-A-I-A-O.
Y en su zoológico tenía un panda I-A-I-A-O.

Que gruñía por aquí,
que gruñía por allá:
**rrr** aquí, **rrr** allá,
dondequiera **rrr rrr rrr**.

El viejo McPerro tenía un zoológico
I-A-I-A-O.

Y en su zoológico tenía dos hienas
I-A-I-A-O.

Que reían por aquí,
que reían por allá:
**ja ja** aquí, **ja ja** allá,
dondequiera **ja ja ja**.

8

El viejo McPerro tenía un zoológico
I-A-I-A-O.
Y en su zoológico tenía una jirafa
I-A-I-A-O.

Que mascaba por aquí,
que mascaba por allá:
***miu*** aquí, ***miu*** allá,
dondequiera ***miu miu miu***.

El viejo McPerro tenía un
zoológico I-A-I-A-O.

Y en su zoológico tenía pingüinos
I-A-I-A-O.

Que graznaban por aquí,
que graznaban por allá:

*junk* aquí,
*junk* allá,
dondequiera *junk junk junk.*

El viejo McPerro tenía un zoológico
I-A-I-A-O.

Y en su zoológico tenía un león I-A-I-A-O.

Que rugía por aquí,
que rugía por allá:
*grrr* aquí, *grrr* allá,
dondequiera *grrr grrr grrr*.

El viejo McPerro
tenía un zoológico
I-A-I-A-O.
Y en su zoológico
tenía una cama
I-A-I-A-O.

Buenas noches por aquí,
Buenas noches por allá:
**buenas** aquí, **noches** allá,
dondequiera
**buenas noches.**

El viejo McPerro tenía un zoológico.
¡Hasta mañana!

# Actividades después de la lectura

## El cuento y tú...

¿Qué animales hay en el zoológico del viejo McPerro?

Los animales del viejo McPerro, ¿son reales o son de peluche?

Escribe un cuento sobre tu animal favorito del zoológico o de peluche.

Comparte tu cuento con un amigo.

## Palabras que aprendiste...

¿Qué animal hace cada sonido? En una hoja de papel, escribe las oraciones y complétalas con el nombre del animal que falta.

—Miu, miu —hace la _____.

—Junk, junk —hacen los _____.

—Grrrrr —hace el _____.

—Ja, ja —hacen las _____.

—Rrrr —hace el _____.

Nombres de los animales:
pingüinos   león   jirafa   hienas   panda

## Podrías... visitar un zoológico o una tienda de mascotas.

- Decide si vas a ir al zoológico o a una tienda de mascotas.

- Antes de la visita, haz una lista de lo que crees que verás allí.

- Después de visitar el zoológico o la tienda de mascotas, escribe una nueva versión de "El viejo McPerro" usando los nombres de los animales que viste y los sonidos que estos hacían.

- ¿Cuál fue tu parte favorita?

- Cuéntale a un amigo qué fue lo que más te gustó del zoológico o de la tienda de mascotas.

> El viejo McPerro tenía una tienda
>
> I-A-I-A-O.
>
> Y en esa tienda tenía _____
>
> I-A-I-A-O.
>
> Que _____ por aquí, que _____ por allá.
>
> _____ _____ aquí, _____ _____ allá...

# Acerca de la autora e ilustradora

A Robin Koontz le encanta escribir e ilustrar cuentos que hagan reír a los niños. Ella vive con su esposo y varios animales en las montañas de Coast Range, en el oeste de Oregón. Ella comparte su oficina con Jeep, su perro, quien le da gran parte de las ideas para escribir.

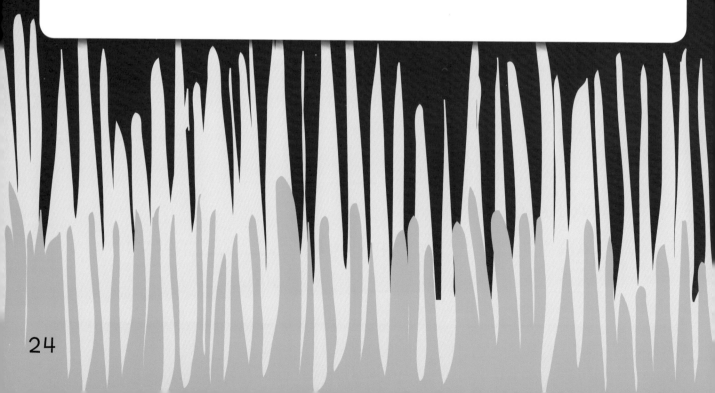